KB273296

황재오 글
만화동화 〈약속했으니까요〉 출판, 2009 서울시립 도서관 선정 서울시 겨울방학 권장도서 추천
한국만화 100주년 전시 전문위원 및 마케팅 프로듀서
네이버 웹툰 〈임인스 작 '싸우자 귀신아 1,2'〉, 〈미티 작 '남기한 엘리트 만들기'〉,
　　　　　〈요한·제나 작 '열아홉 스물 하나'〉외 다수 만화 출판기획
2010 서울국제만화애니매이션 축제 – 만화가 오연 작가 전시 기획
2010 부천국제만화축제 – 4인4색전 전시 기획
2010년 영화 '위험한 상견례'(주연: 송새벽,이시영) 만화 부문 총괄
2010년 스마일브러시-헬로우고스트 다이어리 공동 투자 제작 프로모션

와루 그림
네이버 인기 연재 작가, 블로그 〈스마일 브러시〉 누적 방문객 400만 명
작품 스타일: 일상 속 따뜻한 감동과 유머
2009 그림에세이 〈스마일 브러시〉 출판
2008년 부천국제만화축제 Poem & Cartoon 100년의 노래 초청작가
2008년 카툰 개인 전시회 smile brush in viadelsole exhibition 작가

리틀 헬로우고스트

유령들의 섬

글 · 황재오   그림 · 와루   원작 · 김영탁

어린 아이들을 지켜주는 수호유령들이 사는 섬이 있습니다.

유령들의 섬은 아이들이 행복할 때 가장 아름다워지고,
아이들이 불행하면 섬도 따라 추해집니다.

섬에 사는 유령들은
세상의 모든 아이들이 외롭지 않고 행복해지기를
항상 기도합니다.

상만이는 지금보다 훨씬 더 어릴 적에
사고로 가족을 모두 잃고 기숙학교에서 지내고 있습니다.

학교에는 친구들이 많지만,
밤에는 모두 집으로 돌아가 버립니다.

오늘밤도 상만이의 옆을 지키는 건 강아지 누렁이와
깜깜한 밤하늘에 떠 있는 달과 별입니다.

학교 뒤 언덕에 올라 하늘을 보며 가족들의 얼굴을 떠올려 보지만,
오늘도 생각이 나지 않습니다.

방학이 되었습니다.
홀로 남겨진 외로운 상만이는
또 언덕에 올라 가족들의 얼굴을 떠올려 보지만
기억이 나지 않고 눈물만 흐릅니다.

그러자 상만이의 수호유령들이 살고 있는 섬에
일주일 동안 비가 내립니다.

아무도 없는 기숙사에서
상만이는 몸이 아파 누워 있습니다.

그러자 상만이의 수호유령들이 사는 섬에
천둥 번개가 칩니다.

상만이가 한숨을 쉬자 유령 섬에 지진이 납니다.

수호유령들은 힘들어하는 상만이를 돕기 위한
긴급 구조대를 구성했습니다.

잘 다녀와~
화이팅
꼭 성공해~
힘 내라
아자~

스노우맨.
살아있는 동안 가족들에게
따듯한 마음 한번
표현하지 못해서
눈사람 유령이 됨.

울보천사.
살아있는 동안
소중한 사람이
선물한 목걸이를 잃어버려서
울보 유령이 됨.

먹보돼지.
살아있는 동안
편식을 많이 해서
돼지 유령이 됨.

스노우맨, 울보천사 그리고 먹보돼지는
상만이가 지내고 있는 기숙학교에 찾아 왔습니다.

누구세요~?

꾹…
꾹…

안녕~

돼지라고 무시하는 거야?
꿈인가?
돼지가 말을 한다!

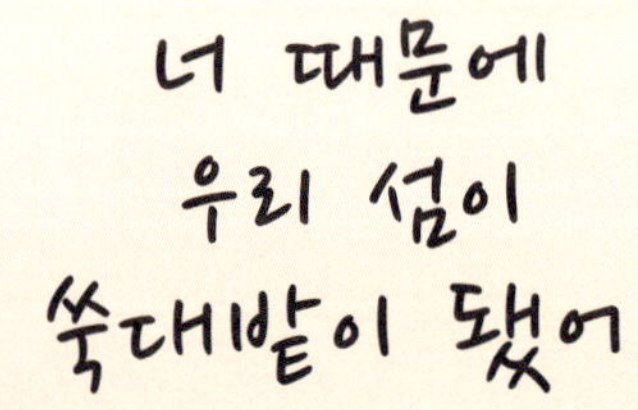

20

그, 그건
아니고…….

네가 울면
우리가 사는 섬에
비가 내리고
네가 한숨을 쉬면
우리 섬에는
지진이 난단다.

상만아, 우리는 네가 행복해지도록 도와주고 싶어.
어떻게 하면 네가 행복해지겠니? 우리가 도와줄게.
잘 모르겠어요.

잘 한번
생각해보렴.

방학 동안
시골에 계신 할머니와
지내고 싶어요.

할머니 댁이
어디인지는
알고 있니?

할머니가
보내주신 편지에
주소가 적혀 있어요.

그거면
함께 찾아 갈 수 있겠다.
정말요?

할머니 댁으로
출발~!!

이렇게 스노우맨, 울보천사, 먹보돼지
그리고 상만이와 상만이를 잘 따르는 누렁이는
할머니를 찾아 떠나는 여행을
시작하게 되었습니다.

유령들과 상만이 그리고 누렁이는
할머니 집을 찾아 산을 넘고 들을 지나갑니다.

여행길에 가끔씩 비도 만나지만
상만이는 누렁이와 유령들과 함께하니
할머니를 찾아 가는 길이 외롭지 않습니다.

할머니 댁은
가본 적 있어?

아직 가 본 적은 없는데
아빠 말로는
멀지 않은 곳에 바다도 있고
좋은 곳이래.

……
바다에 가면
재미있겠다.

저기, 우리 바다에 들렀다 가면 안될까?
바다에 가고 싶으세요?
그래요. 바다에 들렀다가 가요.

나는 영화 보면서 자장면이 먹고 싶어

아주머니는 뭐 하고 싶은 거 없으세요?
나?
돼지라고 무시하는 거야?
헤헤헤~
나, 나는...
목걸이가 갖고 싶어.

그럼, 바다에 가서 자장면 먹으면서 영화 보고 목걸이를 사면 되겠네요.

짱!

상만이와 유령들은 각자의 소원을 품고
바다를 향해 여행합니다.

좋은 사람들과의 여행은
함께 있다는 것만으로도 즐겁습니다.

드디어 상만이와 유령들은 바다에 도착했습니다.

이야~
바다다~

15

바다에 가고 싶다던 스노우맨은 날이 어두워지도록
해변에 앉아 지는 해를 바라보고 있습니다.

어묵 좀
드셔 보세요.
난 괜찮아.

스노우맨 아저씨는
마음이 따듯해서
어묵을 드셔도
녹지 않을 거예요.

스노우맨은 자신의 차가운 손을
따듯하게 잡아준 상만이가 매우 고마웠습니다.

그리고
행복했습니다.

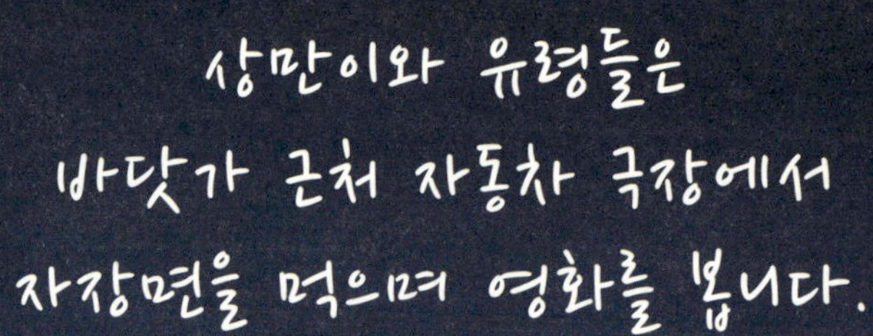

상만이와 유령들은
바닷가 근처 자동차 극장에서
자장면을 먹으며 영화를 봅니다.

이것 좀
더 먹어.

상만이가 나누어 준
자장면은
그 어느 때 먹어본
자장면보다
맛있었습니다.

…….
그런데 영화에서 소리는 왜 안 나와?

여기서
사면 되겠네요.
난 뒤의 것이
예쁜 것 같은데
어떤 것이
좋을까요?
난 하트.

아니야~ 아니야~ 고양이가 예쁜 것 같아.
여자들은 하트를 좋아 한다니까요.
저, 저도 좀 볼게요.
57

저도 좀
보여주세요.
조금만
비켜주세요.
학생 혼자
뭐해?
아니에요.
이게 좋아요.

울보천사는 예쁜 나비 모양의 목걸이를 골랐습니다.

제가 걸어
드릴게요.

고마워.

돌아가려니
좀 아쉽다.

항상 울기만 하던 울보천사의 얼굴에
웃음꽃이 활짝 피었습니다.
울보천사의 웃는 얼굴은 그 누구보다도 예뻤습니다.

다시 할머니 집으로
출발~
잠시만요.
돼지라고
무시하는 거야?

사 진..?
우리 사진
찍어요.

우린 사진 찍어도 안 나와.
알고 있어.
그래도 추억이잖아.
사진에는 안 나온다고 해도 내가 기억할게.

지잉~
감사합니다.

상만이와 유령들은
행복했던 바다의 추억을 가슴에 새겼습니다.

상만, 스노우맨, 울보천사,
먹보돼지, 누렁이 다녀감.

할머니 댁에
거의 다 온 것
같아요.

그래?
다행이네.

할머니 빨리
보고 싶다.

할머니?

74

할머니

누구요?
할머니~

할머니~
상만이냐?
아이고, 내 손주
여긴 어떻게
찾아 왔어?
할머니~

상만이가 행복해 보이지?
예.
상만이가 행복해 보이지?

상만이는 유령들의 도움으로 할머니를 만났습니다.

유령들은 할머니를 만나 행복해 하는 상만이보다
더 행복한 모습으로
유령들의 섬으로 돌아갔습니다.

상만이가 행복해지자
황폐했던 유령들의 섬이
예전의 아름다웠던 모습으로
다시 돌아왔습니다.

인사도 안 하고 가다니 서운하게.
누렁아, 우리 유령 아저씨들 다시 만날 수 있을까?
84

고맙다는 말도 못 했는데······.

바다에서
찍은 사진이네.

아빠~ 아빠는 바다에 가봤어?
그럼~ 가봤지. 그러고 보니 우리 상만이는 아직 바다에 못 가봤구나?
내년 여름에는 바다에 한번 갈까?
이야~ 바다 갈래요~

형, 내 자장면 돌려줘~
형제끼리는 원래 나누어 먹는 거야.
형이 다 먹잖아~

엄마~
엄마, 내가
만들었어요
예쁜
나비 목걸이네~
우리 상만이가
만들어준 목걸이니까
엄마가 꼭 이것만
하고 다닐게~

상만이는 함께 여행을 하며
할머니를 만날 수 있도록 도와준 유령들이
아빠, 엄마, 형이었다는 사실을 알았습니다.
그동안 생각이 나지 않았던 아빠, 엄마, 형의 기억이
모두 떠올랐습니다.

아빠~
엄마~
형~

넌 혼자가 아니야.
우리가 항상 널 지켜줄게.

상만아 행복해~

유령들의 섬

리틀 헬로우 고스트

1판 1쇄 발행 2011년 1월 28일
1판 3쇄 발행 2011년 12월 10일

글쓴이 황재오
그린이 와루
원작 김영탁

발행인 김성룡
펴낸곳 도서출판 가연
주소 서울시 금천구 가산동 371-50 에이스하이앤드 3차 1407호
구입문의 02-858-2217
팩스 02-858-2219
신고 2011년 6월 30일 제2011-54호

ISBN 978-89-966824-3-1 13810

* 이 책은 도서출판 가연이 저작권자와의 계약에 따라 발행한 것이므로
  본사의 서면 허락 없이는 어떠한 형태나 수단으로도 이 책의 내용을 이용하지 못합니다.
* 잘못된 책은 구입하신 서점에서 바꾸어 드립니다.
* 책값은 뒤표지에 있습니다.
* 본 도서는 리틀 헬로우 고스트의 개정판입니다.